우리는 행복 물음표

# 우리 아이들에게 질문은
# 어떤 의미일까요?

올해 월항초등학교는 「질문하는 학교」를 운영하였습니다.
「질문하는 학교」란, 학생의 자기주도적인 질문과 토론이 일
상화되는 교실 문화를 만들고 학생들의 질문 능력을 키우는
탐구 질문 수업을 실시하는 교육부 선정 선도학교입니다.

우리 아이들은 질문하는 학교에서 다양한 교육 활동을 통해
질문을 만드는 방법을 배우고, 함께 생각을 나누는 경험들을
만들어 갔습니다. 1,2학기 동안 두 번의 질문축제를 열었고,
질문과 함께 떠나는 체험 학습을 다녀왔으며, 학생들의 질문
을 스스로 탐구하는 프로젝트 활동도 실시하였습니다.

우리는 그 배움의 과정에서 질문이 얼마나 중요한지를 보
고, 듣고, 느꼈습니다. 스스로 궁금한 점을 질문으로 만들고,
생각을 함께 나누면서 아이들 눈빛은 반짝거렸습니다. 질문
으로 더 넓은 세상을 만나고, 나를 알아가면서 반짝이는 그

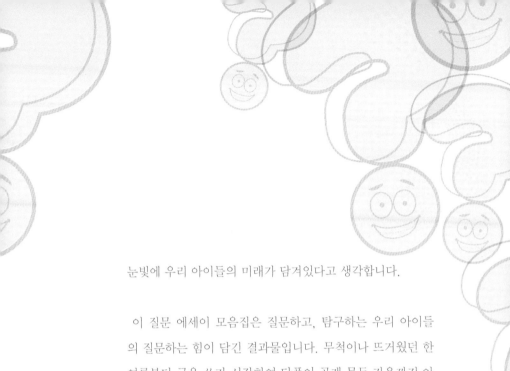

눈빛에 우리 아이들의 미래가 담겨있다고 생각합니다.

 이 질문 에세이 모음집은 질문하고, 탐구하는 우리 아이들의 질문하는 힘이 담긴 결과물입니다. 무척이나 뜨거웠던 한여름부터 글을 쓰기 시작하여 단풍이 곱게 물든 가을까지 아이들의 행복한 물음표들을 글로 엮어 보았습니다. 계절이 바뀌는 동안 우리 아이들의 행복한 물음표도 함께 자라났기에 이 모음집이 더욱 의미가 있습니다.

 마지막으로 이 모음집이 나오기까지 우리 아이들을 믿고 늘 따뜻하게 격려해 주시는 교장 선생님과 질문이 넘치는 배움을 위해 애쓰신 모든 선생님들께 감사의 말씀을 전합니다.

**엮은이 권아림**

## 인사말

 2024년 3월,
'질문'이라는 핵심 키워드로 월항교육은 시작되었습니다.
교육부 지정 「질문하는 학교」 선도학교 운영을 하면서 질문
탐구교실을 만들고, 우리 아이들은 교실 속에서 질문하는 방
법을 배우고, 질문 기반 탐구 프로젝트 수업을 통해 수준 높
은 질문 역량을 키워 나갔습니다. 또한, 질문 탐구 축제와 질
문 나눔 축제를 통해 월항교육공동체 모두가 질문을 통해 공
부하는 즐거움을 마음껏 누렸습니다.

지난 1년간 '질문'이라는 주제로 쉼 없이 달려와 보니 의미
있고 행복한 결과물이 우리 앞에 주어졌습니다. 월항초 4·
5·6학년 학생 28명이 만든 '질문'들은 '이야기'가 되었고,
33편의 '이야기'들을 엮어 『우리는 행복 물음표』라는 질문
에세이가 완성되었습니다.

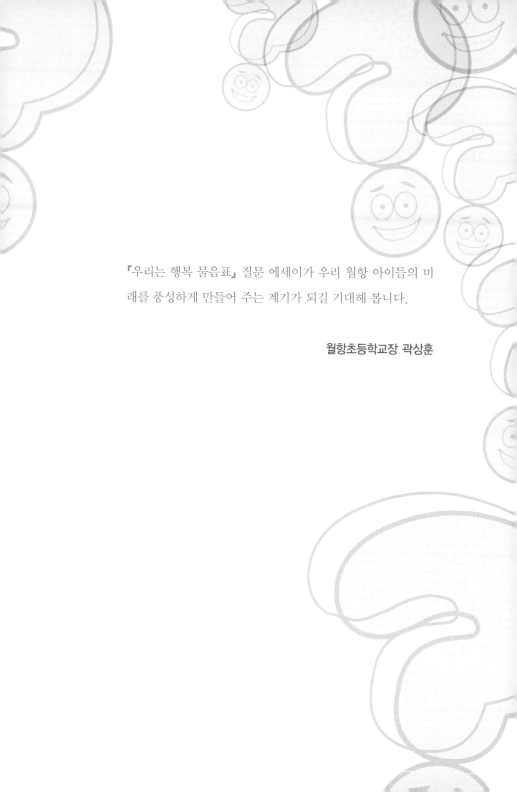

『우리는 행복 물음표』 질문 에세이가 우리 월항 아이들의 미래를 풍성하게 만들어 주는 계기가 되길 기대해 봅니다.

월항초등학교장 곽상훈

# 차례

행복 물음표 하나,
# 질문 에세이

# 1  나에게 소중한 세 가지는?

6학년 1반 김서진

'나에게 소중한 세 가지는?' 라는 질문에 대해 고민을 해봤어. 인생에는 소중한 것들이 많아. 그중에서 내 인생에서 가장 소중한 것은 세 가지가 있다고 생각해. 그것은 가족, 친구, 그리고 건강이야. 이 세 가지는 나의 삶을 행복하게 만들어 주고, 나를 지켜주는 중요한 것들이야.

첫 번째로, 가족은 나에게 가장 소중한 존재야. "이 세상에 태어나 우리가 경험하는 가장 멋진 일은 가족의 사랑을 배우는 것이다"라는 말이 있듯이, 가족은 나에게 큰 힘이 되는 존재야. 힘든 일이 있을 때 가족이 나를 도와주고, 사랑을 주기 때문에 나는 어려움을 극복할 수 있어. 가족의 사랑은 나의 자존감을 높여주고, 내가 어떻게 행동해야 하는지, 무엇이 옳고 무엇이 나쁜지를 알려줘. 그래서 나는 가족이 정말 중요하다고 생각해.

두 번째로, 친구도 나에게 소중한 존재야. 친구와 함께한 즐거운 시간은 언제나 기억에 남아. 친구는 내가 직접 선택한 가족이라고 할 수 있어. 우리는 서로를 이해하고, 함께 웃고 즐거운 시간을 보내. 이런 즐거운 시간은 스트레스를 풀어주고, 나중에 좋은 추억이 돼. 그래서 나에게 소중한 세 가지 중 두 번째는 친구야.

마지막으로, 건강도 인생에서 소중한 것이라고 생각해. 우리는 건강이 중요하다고 생각하지만, 건강이 없으면 가족과 친구와의 소중한 시간도

제대로 즐길 수 없어. 건강은 몸과 마음 모두에 중요해. 규칙적으로 운동하고, 균형 잡힌 식사를 하며, 충분한 잠을 자는 것이 건강을 지키는 데 도움이 돼. 건강할 때 우리는 더 많은 활동을 하고, 소중한 사람들과 더 많은 시간을 보낼 수 있어.

결론적으로, 가족, 친구, 건강은 서로 연결되어 있어. 이 세 가지는 나의 삶에서 매우 중요한 역할을 해. 그래서 나는 나에게 소중한 것들을 잘 지키고, 감사하며 살아가고 싶어.

너에게 소중한 세 가지는 무엇이니?

## 2  우리가 살아가는 데 역사는 왜 필요할까?

5학년 1반 김동욱

　사회 수업에 우리나라 역사를 배웠다. 나는 '우리가 살아가는 데 역사는 왜 필요할까?' 라는 궁금증이 생겼다. '역사는 왜 필요한 걸까?' 신채호 선생님이 그랬다. '역사를 잊은 민족에게 미래는 없다.' 라고.. 나는 나의 질문을 곰곰이 생각해 보고, 우리가 살아가는 데 역사가 중요한 이유를 찾아보았다.

　첫째, 역사적 사건들을 살펴보니 과거의 일들이 현재에도 영향을 미친다는 걸 알았다. 그래서 우리는 비슷한 상황에서 역사를 되돌아보고 지혜와 교훈을 얻는다. 그게 우리가 역사를 배우는 이유이다.

둘째, '나'를 이해하기 위해서는 역사를 이해하는 것이 필요하다. '나는 누구인가'라는 나의 정체성은 역사와 깊은 연관이 있다. 우리는 역사를 통해 우리의 문화, 전통, 가치관을 이해할 수 있다.

셋째, 우리는 함께 살아가기 위해 역사를 이해하는 것이 필요하다. 다양한 문화와 역사를 가진 사람들을 이해하고 존중하기 위해서 다양한 역사를 아는 것이 필요하다.

나는 역사는 따뜻한 거울과도 같다고 생각한다. 옛 조상들이 남겨둔 따뜻한 거울 속에 오늘도 나를 비춰보고 나의 행복한 미래를 꿈꿔본다.

## 3  우리가 질문을 해야 하는 까닭은 무엇일까?

5학년 1반 오진우

우리 학교는 '질문하는 학교'로 다양한 질문 활
동을 하고 있다. 질문으로 축제를 열기도 하고,
질문과 함께 떠나는 제주도 여행도 다녀왔다.
그러다 보니 자연스럽게 이런 생각이 들었다.
"우리가 질문을 해야 하는 이유는 뭘까?"

질문은 문제를 해결하고 새로운 생각을 할 수
있게 도와주는 중요한 도구다. 질문을 하면 문
제를 더 잘 이해하게 되고, 여러 가지 방향에서
생각할 수 있다. 그 과정에서 새로운 아이디어
나 해결 방법도 찾을 수 있다. 우리가 하는 질문
은 정답을 얻기 위한 것이 아니라, 더 깊이 생각

하는데 도움을 준다고 생각한다.

 또, 질문은 스스로 생각하고 결정하는 데도 도움을 준다. 좋은 질문을 던지면 스스로 답을 찾기 위해 고민하게 되고, 이 과정에서 내 생각을 정리할 수 있다. 이렇게 질문을 통해 알아가다 보면 문제를 더 잘 이해하게 되고, 더 나은 선택을 할 수 있는 능력이 길러진다. 그래서 우리가 어떤 것을 제대로 이해하고, 더 잘 배우기 위해서는 질문이 꼭 필요하다고 생가한다.

 나도 사회 시간에 이런 질문을 만들어 보았다. 예를 들어, "만약 양녕대군이 폐위되지 않고 왕위에 올랐다면 조선은 어떻게 되었을까?"라는 질문이 떠올랐다. 친구에게 이 질문을 말해주었더니, 재미있다며 흥미를 보였다. 이렇게 질문을 통해 여러 생각을 나누고, 새로운 시각을 발견할 수 있었다.

 결국 실문은 우리의 배움올 더 깊게 만든다. 질
문하는 과정에서 더 많은 것을 배우고, 생각하
는 힘을 키울 수 있다. 그래서 나는 질문하는 우
리 학교가 참 좋다!

## 4  왜 고슴도치 관장은 목기린씨의 이야기를 들어주지 않았을까?  -「목기린씨, 타세요!」를 읽고

4학년 1반 황효슬

「목기린씨, 타세요!」라는 책을 읽었다. 책의 내용은 목이 길어서 버스를 이용하지 못하고 회사까지 걸어다니는 목기린씨 이야기이다. 목기린씨는 걸어다니느라 다리가 아파서 병원까지 다니게 된다. 그래서 버스 관장인 고슴도치 관장님에게 편지로 "저도 버스를 탈 수 있게 도와주세요"라고 편지를 많이 보낸다. 그럼에도 고슴도치 관장은 목기린씨의 편지에 답장하지 않고 무시한다.

나는 책을 읽으면서 '목기린씨는 편지를 많이 보냈는데도 왜 고슴도치 관장은 목기린씨의 이

야기를 들어주지 않았을까?' 라는 질문이 생겼
다. 고슴도치 관장님의 태도가 이해가 가지 않
았기 때문이다. 추측건대 고슴도치 관장은 목기
린씨가 버스를 타려면 버스를 개조해야 하는데,
버스를 개조하는데 시간과 돈이 많이 들고 절차
가 복잡하니 하기 싫었던 것 같다. 그리고 새 관
장이 그 문제를 해결해 주기를 바라는 것 같다.
그것은 자기는 하기 싫고 다른 사람이 그 문제
를 해결해 주기를 바라는 마음이 드러나 있는
것 같다. 나는 고슴도치 관장이 자신의 역할을
제대로 하지 못한다는 생각이 들었다.

　고슴도치 관장과 마을주민들이 처음부터 목기
린씨의 불편함에 관심을 가지지 않았지만, 아기
돼지 꿀은 목기린씨에게 관심을 가지고 목기린
씨가 버스를 탈 수 있는 아이디어를 이야기한
다. 목기린씨가 차 밖으로 목을 내밀 수 있도록

천장에 창문을 내고, 창문 아래에 기다린 손잡
이를 세우는 방법을 제시한다. 그래서 함께 뚝
딱뚝딱 만들다 보니 완성해서 목기린씨는 버스
를 탈 수 있게 되었다.

　내가 만약 꿀이라면 목기린씨를 도울 수 있을
까? 라고 생각해 보았다. 나는 도와줄 수 있을
거 같다. 왜냐하면 목기린씨는 맨날 걸어가야
해서 힘드니까 주민 모두가 다 같이 노력하면
도와줄 수 있을 거 같다. 나에게 「목기린씨, 타
세요!」 책은 어려운 일이어도 다 같이 힘을 합치
면 무엇이든 할 수 있다는 의미를 주었다.

# 5 1960년 2월 28일 고등학생들은 왜 시위에 나섰을까?

6학년 2반 김예주

 안녕? 예진아. 나는 예주야. 지금 여기는 비가 쏟아지는 장마가 계속되고 있어. 날씨도 오락가락하면서 심술을 부리는데 잘 지내고 있니?

 지난 한 학기 동안 우리 서로에 대해 많이 알았지? 오늘은 내가 2.28 기념관에 갔던 경험을 너에게 이야기하고 싶어 편지를 보내. 나에겐 정말 뜻깊은 시간이었어. 내가 기념관에서 여러 가지 체험과 영상을 보면서 많은 생각을 하게 되었어.

 특히, 이런 궁금한 점이 생겼어. "투표도 못 하

는 고등학생들을 왜 정부가 야당의 선거운동에 못 나가게 했을까?" 너도 궁금하지 않아? 내가 그 이유를 설명해 줄게. 그 당시에 고등학생들은 지금으로 치면 대학 교수님처럼 정말 공부를 잘하는 사람들이 많았어. 그들은 사회에 대해 깊이 생각하고, 나름의 의견을 가지고 있었지. 특히 그때 당시 정부는 온갖 부정부패로 사회가 엉망이 되고 질서유지가 잘 안될 만큼 당시 정부가 국민이 바라는 정치를 잘 못하는 시기였어. 그래서 야당 후보에게 인기 면에서 굉장히 밀리고 있었던 시기였어. 정부는 고등학생들이 자신들이 불리한 이 중요한 시기에 야당과 함께 정부에 대항할 것을 걱정했어. 그래서 학생들이 정치 활동에 참여하지 못하도록 막았던 거야.

예를 들어, 당시 고등학생들이 정치적인 문제에 대해 목소리를 내고, 이를 통해 어른들을 설

득할 수도 있었을 거야. 하지만 정부는 그런 일이 일어나면 자신들의 통제력이 약해질 것을 두려워했지. 그래서 고등학생들의 정치 활동을 제한했던 거야. 일요일에 학교에 나오라는 말도 안 되는 억지 명령을 내려야 했을 만큼 말이야.

2.28 민주운동은 그런 정부의 억지 폭력 속에서 일어난 중요한 사건이야. 당시의 고등학생들은 자신의 목소리를 내기 위해 용기 있게 나섰고, 결국 역사에 큰 변화를 일으켰어. 이 사건은 오늘날 우리가 누리는 민주주의의 중요한 밑거름이 되었지.

예진아, 너도 2.28 민주운동에 대해 더 많이 알게 되었으면 좋겠어. 내가 선생님께 배웠는데 광주에 있는 228번 버스는 우리 지역의 2.28 민주화 운동을 기리기 위해 만든 번호라고 하더

라? 또 대구에 있는 518번 5.18 민주화 운동을
기리려고 만든 버스 번호이고 말야.

 이렇게 지역적으로 힘을 합해서 민주화 운동에
대해 기념하듯이 우리도 함께 서로의 지역 민주
화 운동을 공부하면서 더 깊이 알아보자. 이 사
건을 통해 많은 교훈을 얻을 수 있을 거야. 나도
너와 함께 더 많이 배우고 싶어. 그럼 나는 이만
인사할게. 오늘도 좋은 하루 보내.

# 6 세상의 많은 문제 중 나에게 단 하나만 해결할 능력이 있다면?

5학년 1반 이명진

전 세계적으로 함께 해결해야 하는 많은 문제들이 있다. 기후 변화, 전쟁, 빈곤과 불평등, 인권과 평화. 이렇게 세상에는 많은 문제들이 있다. 그런데, 만일 슈퍼 영웅처럼 세상의 많은 문제 중 단 하나면 해결할 수 있는 능력이 나에게 생긴다면?

나는 나에게 단 하나만 해결할 능력이 있다면 전쟁 문제를 해결하고 싶다. 그 이유는 요즘 뉴스를 보면 전쟁과 내전 때문에 많은 사상자가 발생하고 있다는 것을 알 수 있다. 전쟁은 우리 인류에게 큰 고통과 피해를 준다. 그로 인한 피해는 오랜 시간 동안 회복하기가 어렵다는 것을 우리는 지나온 역사를 통해 알 수 있다. 그럼, 전쟁은 왜 일어나는 걸까? 전쟁이 일이나는 이유는 다양하지만, 자원, 영토, 정치적, 종교적 이념 갈등 등이 가장 큰 이유이다.

우리가 함께 살아가는 지구촌에 전쟁이 일어난다는 사실이 정말 슬프다. 많은 사람들이 피해를 입고, 생명을 잃어가는 끔찍한 일을 해결하기 위해서 나는 무엇을 할 수 있을까?
정말 슈퍼 영웅이 되어 그들을 구해내고 싶다.
하지만, 슈퍼 영웅이 될 수 없다면 무엇으로 전쟁을 해결해야 할까? 우선, 외교적 대화와 협상으로 해결해야 한다는 생각이 들었다. 대화는 갈등을 해결할 수 있는 가장 평화적인 방법이다. 서로의 입장을 이해하고, 타협점을 찾아가야 할 것이다.

마하트마 간디는 "전쟁의 승자는 종종 잃은 사람들보다 더 많은 것을 잃는다." 라고 말했다. 전쟁의 승자는 진정한 승자가 아니다. 진쟁을 평화적인 방법으로 해결할 수 있는 자가 진정한 승자이다.

나는 우리 모두 진정한 승자가 되기를 바란다.

# 7  나는 왜 레고를 좋아할까?

5학년 2반 김태민

　나는 레고를 좋아한다. 레고는 작은 블록을 모아서 여러 가지 모양을 만들 수 있는 장난감이다. 자동차, 집, 동물, 로봇 같은 것을 만들 수 있다. 나는 레고 만들기를 하면서 많은 생각을 한다. '어떤 모양으로 만들까?', '이띤 색을 쓸까?' 라고 고민하면서 재미있게 레고를 만든다. 레고를 가지고 내가 원하는 세상을 만들어가는 과정이 즐겁다. 그리고 완성된 작품을 보면 뿌듯한 기분이 든다. 그러면서 '왜 나는 레고를 좋아할까?' 라는 질문이 생겼다.

　첫째, 레고는 친구나 가족과 함께 놀 수 있다.

함께 레고를 하면서 서로 도와주고, 멋지고 창의적인 생각을 나누며 더 재미있게 놀 수 있다. 친구와 함께 레고 도시를 만들었을 때 정말 신났다. 우리는 함께 완성한 것을 보며 기뻤다.

둘째, 레고는 우리에게 많은 것을 가르쳐준다. 다양한 레고 블록 속에서 내가 어떤 것이 필요한지 고민하면서 다양한 문제를 해결하는 방법도 배울 수 있다. 어떻게 하면 더 튼튼하게 쌓을 수 있을지, 어떤 방법이 더 좋은지도 고민하게 된다. 이런 과정에서 우리는 생각하는 힘을 키울 수 있다.

셋째, 레고는 나를 집중하게 한다. 레고는 손으로 직접 만들기 때문에 집중력을 키울 수 있다. 블록을 하나하나 쌓아가면서 주의 깊이 생각해야 한다. 이렇게 하면 다른 일에도 더 잘 집중할 수 있게 된다.

 넷째, 레고는 창의성을 키워준다. 같은 블록을 사용해도 어떻게 조립하느냐에 따라 완전히 다른 모양이 될 수 있다. 이 과정에서 우리는 상상력을 발휘하고, 새로운 아이디어를 떠올릴 수 있다.

 마지막으로, 레고는 성취감을 준다. 처음에는 작은 블록들이지만, 하나씩 모아서 큰 작품을 완성하면 큰 기쁨을 느낄 수 있다. 이 경험은 우리에게 자신감을 주고, 더 큰 도전을 할 용기를 준다. 이렇게 레고는 재미있을 뿐만 아니라, 우리에게 많은 것을 가르쳐준다. 그래서 나는 레고가 참 좋다. 오늘도 친구들과 레고 놀이를 하면서 놀아야겠다!

## 8 내가 만약 선미라면 하나님에게 마음을 다해 기도했을까? – 「기도하는 시간」을 읽고

4학년 1반 이지호

「기도하는 시간」은 오직 아이스크림을 먹겠다며 기도를 하는 선미와 기도에 열중하여 아이스크림이 녹는 것도 모르는 전도사님과 할머니의 흥미진진한 이야기가 펼쳐지는 책이다.

이 책을 읽으면서 난 세 가지 질문이 떠올랐다. 첫째, '왜 선미는 아이스크림을 위해 기도 했을까?' 내 생각에는 아무래도 선미네 집안이 가난하기 때문에 맛있는 아이스크림을 많이 먹지 못하였을 것 같다. 할머니와 전도사님이 많이 기도하다 보면 아이스크림이 녹아서 아이스크림을 먹지 못할까봐 걱정하였던 것 같다. 그래서 선미는 아이스크림이 빨리 먹고 싶어서 아이스크림을 위해 기도했던 것 같다. 나는 우리 집에서 언제든지 먹고 싶을 때 부모님이 맛있는 아이스크림을 사주시는데 선미네는 가난해서 아이스크림을 위해 기도하는 모습에서 안타까운 마음이 들었다.

둘째, '내가 만약 선미라면 하나님에게 마음을 다해 기도할까?' 난 마음을 다해 기도 할 것 같다. 이유는 아이스크림보다 하나님이 더욱 중요해서이다. 내가 선미라면 나는 하나님에게 우리 가족이 잘 살게 해달라고 기도했을 것 같다.

셋째, '내가 만약 전도사님이라면 선미를 잘 챙겨줄까?' 난 잘 챙겨줄 것 같다. 왜냐하면 어리고 아직 덜 자란 미성년자기 때문에 안쓰러워서 잘 챙겨줄 것 같다.

나는 선미가 가난해서 안타까웠다. 선미가 잘
자라서 멋지고 의젓한 어른이 되었으면 좋겠다.

# 9  나에게 행복이란?

  '행복이란 무엇일까?' 사람들에게 행복이 무엇인지 대해 물으면 저마다의 행복에 대해 다양한 생각을 이야기한다. 어떤 사람들은 행복이란 가족과 함께하는 것이라고 하고, 또 어떤 사람들은 돈이나 명예라고 한다.

  행복의 뜻이 무엇인지 궁금했다. 그래서 사전에서 행복이란 단어의 뜻을 찾아보았다. 행복은 '생활 속에서 기쁘고 즐겁고 만족감을 느끼는 것'이라 한다. 나 자신이 만족하고 즐거움을 느낄 때가 행복이란 감정은 느낀다고 한다.

그렇다면 질문의 꼬리를 연결 해보자. '내가 생각하는 행복이란 무엇일까?' 그리 오래 생각 하지 않아도 나는 그 질문에 대해 쉽게 납할 수 있다. 내가 생각하는 행복은 그냥 침대에 누워서 편하게 만화를 보는게 나의 행복한 시간이다. 아무에게도 방해 받지 않고, 재미있는 이야기를 보면서 편안하게 쉬는 것이 나에게는 큰 행복이다. 이렇게 특별한 일이 아니더라도 작은 것에 행복을 느낄 수 있다는 것이 정말 중요다고 생각한다. 스스로 행복하다고 생각한다면 그게 행복이다.

여러분은 무엇이 행복이라고 생각하는지 궁금하다.

# 10 배운다는 것은 무엇일까?

배운다는 것은 무엇일까? 우리는 매일매일 새로운 것을 배우고 있다. 학교에서 수업을 듣고, 친구들과 이야기를 나누고, 책을 읽으며 배워간다. 하지만, '배움'이란 단순히 지식만을 얻는 것일까? 라는 생가이 들었다. 「배운다는 깃은 뭘까?」라는 책을 읽어본 적이 있다. 나는 「배운다는 것은 뭘까?」라는 책을 읽고나서 배움이란 함께 듣고, 함께 보고, 함께 이야기를 나누는 것이라고 생각하게 되었다. 친구와 그리고 선생님과 함께 생각을 나누고 이해하는 것이 바로 배움이라고 생각한다.

배움과 지식은 다르다. 배움은 함께 생각을 나누고 이해하는 것이다. 수업 시간 친구들과 서로의 실문에 대해 자신의 생긱을 니누면서 문제를 해결하고 알아가는 과정이 배움이다. 지식은 AI한테 물어봐도 알 수 있는거니깐! 그래서 나는 함께하는 배움이 좋다.

배움이 어렵지 않냐고? 물론 어려움도 따른다. 새로운 것을 배우는 과정이 힘들고 지칠때도 있지만, 그럴 때마다 함께하는 친구들이 있어서 좋다. 그리고, 배움의 길을 갈 수 있도록 격려해주시고 이끌어주시는 선생님이 계셔서 좋다. 이렇게 배움을 통해 우리는 더 나은 자신이 되어가고, 세상을 이해하는 폭을 넓어진다고 생각한다.

배움이란 끝이 없이 펼쳐지는 여행이다. 그 여

행이 때론 지치고 힘들 때도 있지만, 그 힘든 여
정 속에서 멋진 풍경을 보았을 때처럼 우리도
배움의 기쁨을 느낄 수 있다.

 나는 매일 학교에 가면서 이런 생각을 한다. 오
늘은 또 어떤 즐거운 배움이 펼쳐질까?

 함께 배움의 여행을 떠나지 않을래?

# 11 전 세계적으로 왜 K-POP을 좋아할까?

5학년 1반 원규동

요즘 K-POP이 전 세계적으로 열풍이다. 특히, 로제의 'APT'는 현재까지 유투브 조회수 2억을 넘고 있다. 전 세계적으로 왜 'K-POP'을 좋아할까? 라는 궁금증이 생겼다. K-POP이 전 세계에서 인기를 끄는 이유는 여러 가지가 있다고 생각한다.

첫째, 중독성 있는 멜로디이다. K-POP은 귀에 쏙쏙 들어오는 멜로디와 반복적인 후렴구로 쉽게 기억되고, 여러 가지 음악 장르가 섞여 다양한 사람들의 취향을 만족시킨다.

둘째, 멋진 무대와 춤이 큰 매력이다. K-POP 아이돌은 춤과 노래를 완벽하게 소화하며, 무대에서 보여주는 에너지와 열정이 팬들을 열광시킨다. 또한 화려한 의상과 스타일도 팬들에게 큰 인기이다.

셋째, 팬들과의 소통이다. 아티스트는 소셜 미디어를 통해 팬들과 자주 소통하고, 팬들의 의견을 중요하게 생각한다. 이 소통 덕분에 팬들은 아티스트와 가까운 관계를 느끼게 된다고 생각한다.

넷째, '음악에는 국경이 없다' 라는 말이 있다. K-POP은 국경을 넘어서 많은 사람들에게 공감을 얻는다. 최근 나는 로제 'APT' 노래를 듣고 거기에 푹 빠졌는데 그 이유는 따라 하기 쉬운 가사와 춤이 나를 이끌었기 때문이다. 그리고 내가 만약에 외국 사람한테 K-POP 노래를 알려준다면 제일 먼저 알려주고 싶은 노래는 방탄소년단의 'Butter' 이라는 노래이다.

　앞으로도 K-POP을 통해 더 많은 사람들이 서로의 문화를 이해하고 소통하면 좋겠다.

## 12 초콜릿은 왜 단맛이 날까?

4학년 2반 김진희

집에서 TV를 보면서 초콜릿을 먹었다. 감자칩도 함께 맛있게 먹었다. 그러다가 갑자기 이런 질문이 떠올랐다. '초콜릿은 왜 단맛이 날까?' 감자칩은 짭짤한 맛이 나는데, 초콜릿은 달콤한 맛이 나서 두 가지 맛의 차이기 너무 깄기 때문이다.

초콜릿은 왜 쓴맛도, 신맛도, 짠맛도 아닌 단맛이 날까? 그래서 한번 찾아 보았다. 우선 초콜릿의 원재료는 카카오 열매다. 이 카카오 열매는 원래 쓴맛이 난다. 카카오 열매 자체는 매우 쓰기 때문에 그대로 먹기 힘들다. 그런데 초콜릿은 달콤하다. 그 이유는 초콜릿을 만드는 과정에서 카카오 열매에 설탕을 넣기 때문이다.

 그냥 카카오 열매를 그대로 사용하면 사람들이 초콜릿을 맛있게 먹지 않을 것이다. 그래서 초콜릿 제조사들은 카카오 열매에 설탕을 넣어 단맛을 더한다. 여기에 우유를 넣은 것이 화이트 초콜릿이고, 설탕만 넣은 것이 일반 초콜릿이다. 여기서 설탕을 얼마나 넣고 우유를 얼마나 넣느냐에 따라 초콜릿 종류가 달라진다. 마트에서 99% 라고 적힌 초콜릿은 본적이 있는가? 그것은 카카오 99%란 말이다. 그러니까 설탕이 적게 들었고 맛은 좀 덜 달다.

 초콜릿은 그 단맛 때문에 사람들이 많이 좋아하는 것 같다. 나도 그렇다. 초콜릿이 달지 않으면 그건 초콜릿이 아니다. 달콤한 초콜릿을 먹으면 기분이 좋아진다. 초콜릿에는 기분을 좋게 만드는 뭔가가 들어 있는 거 같다. 하지만 건강을 위해 많이 먹지는 말아야겠다. 이제 초콜릿을 먹을 때마다 카카오 열매가 생각날 거 같다.

## 13 식물의 구조와 기능을 우리 생활에 적용할 수 있는 방법은 무엇일까?

6학년 2반 장윤화

안녕, 나경아. 잘 지내고 있지?

오늘은 과학 시간에 배운 내용이 우리 생활에서 어떻게 적용되는지 너랑 이야기 나누고 싶어. 우리는 과학 시간에 식물의 구조와 기능에 대해 배웠어. 뿌리, 줄기, 잎, 꽃 등 식물의 각 부분이 어떤 역할을 하는지 자세히 배웠지. 예를 들어, 뿌리는 식물을 지탱하고 물과 영양분을 흡수해. 줄기는 그 물과 영양분을 식물의 다른 부분으로 운반하는 역할을 하지. 그리고 잎은 광합성을 통해 에너지를 만들어내고, 꽃은 씨앗을 만들어 식물이 번식할 수 있게 해줘.

이런 배움이 우리 생활에 어떤 의미를 줄까 생각 해봤어. 우리가 먹는 많은 식품들이 식물에서 온다는 것을 알고 있지? 예를 들어, 무와 당근 같은 뿌리채소, 양배추나 시금치 같은 잎채소, 사과나 포도 같은 과일 모두 식물의 일부분이야. 우리가 배운 내용은 이런 식물들이 어떻게 자라는지 이해하는 데 도움이 돼. 적절한 물과 영양분이 식물에게 얼마나 중요한지 알게 되면서, 우리도 식물을 키울 때 더 잘 돌볼 수 있을 것 같아.

또, 식물의 구조와 기능을 이해하면 환경 보호에도 큰 도움이 돼. 식물은 광합성을 통해 이산화탄소를 흡수하고 산소를 배출해. 예를 들어, 학교에서 나무를 심거나 집에서 화분에 식물을 키우는 작은 실천이 환경 보호에 큰 도움이 된다는 것을 알고 나서 나도 더 적극적으로 식물을 가꿔야겠다고 다짐했어. 작년 5학년 때 선생님께서는 식물을 정말 많이 가꾸셨거든. 아마 이런 이유 때문인 것 같아.

 우리가 배우는 지식이 단순히 교실 안에 머무르는 것이 아니라, 실제로 우리 생활에 적용되면 좋겠다는 생각이 들었어. 예를 들어, 우리 학교에서 작은 텃밭을 만들어서 직접 식물을 키우고 있는데, 이 과정을 너희들과 나누면 어떨까? 환경 보호 캠페인을 통해 더 많은 사람이 식물의 중요성을 알게 하는 것도 좋은 방법일 것 같아. 우리끼리 같이해 보는 것도 재밌을 거 같아.

 나경아, 너의 생각이 궁금해. 우리 함께 이 고민을 나눠보자! 답장 기다릴게! 잘 지내.

## 14 질문이란 뭘까?

5학년 1반 김동욱

우리 학교는 질문하는 학교이다. 그래서 나는 올해 수업 시간에 다양한 질문활동을 많이 하였다. 질문 공책에 바탕 질문, 궁금 질문, 새롬 질문 등 많은 질문을 만들고 친구들과 질문에 관해서 이야기도 나누었다. 많은 질문을 만들고 질문에 대해 생각도 해보면서 이런 질문이 떠올랐다? 바로 '나에게 질문이란 뭘까?' 이다. 다양한 질문을 하면서 질문이 나에게 어떤 의미를 주는지 궁금했다.

질문은 뭘까? 질문은 어떤 주제나 상황에 대해 궁금한 점이나 알고 싶은 내용을 표현하는 것이다. 질문은 정보를 얻기 위해 다른 사람에게 묻거나, 스스로 생각을 정리하기 위해 사용할 수 있다. 그래서 사실이나 정보를 읽기 위해 우리는 바탕 질문을 많이 만들었고, 어떤 사실이나 현상에 대해 왜 그런지 알기 위해 궁금 질문도 만들었다. 새롬 질문은 친구들의 창의적인 생각과 멋진 상상력으로 만든 질문으로 새롬 질문에 대한 다양한 답을 찾아볼 수 있었다.

소크라테스라는 이렇게 말했다. "질문하는 것이 진리를 찾는 첫걸음이다." 그리고, 알버트 아인슈타인도 "가장 중요한 질문은 질문하는 방법을 아는 것이다."라고 말했다. 옛날에도 질문의 중요성을 알고 있었던 거 같다. 우리 인간은 질문을 할 수 있기에 더 발전할 수 있지 않았을까 하는 생각이 든다.

나는 질문이 나침반과 같다고 생각한다. 나침반은 우리가 길을 잃었을 때 방향을 알려준다. 질문도 마찬가지다. 우리가 궁금한 것을 찾고, 새로운 것을 배우는 데 도움을 준다.

앞으로도 계속 질문을 많이 하고, 친구들과 함께 이야기 나누면서 더 많은 것을 배우고 싶다. 질문으로 배워가는 것이 정말 재미있고, 그래서 나는 질문하는 우리 학교가 좋다!

## 15 유보라 선생님은 왜 최기봉 선생님에게 도장을 보냈을까? −「최기봉을 찾아라!」를 읽고

5학년 1반 김동욱

올해 친구들과 열 권의 책을 함께 읽었다. 그중 가장 기억에 남고 내가 좋아하는 책은 「최기봉을 찾아라!」이다. 이 책의 줄거리는 15년 전 제자가 도장을 주어서 그 도장을 훔쳐 간 범인을 찾기 위해 도장 특공대를 결성한 후 도장을 찾는 이야기이다. 나는 이 책을 읽고 다음과 같은 세 가지 질문이 떠올랐다.

첫 번째 질문은 '내가 만약 최기봉이라면 도장을 찾을까?' 이다. 내가 만약 최기봉 선생님이라면 나도 최기봉 선생님처럼 도둑맞은 도장을 찾을 것 같다. 도장을 찾지 않으면 도장이 학교

밖, 학교 안에서도 계속 찍히게 되고 많은 문제를 일으키는 원인이 되기 때문이다. 그리고 교장 선생님에게도 혼날 수 있기 때문이다.

두 번째 질문은 '최기봉 선생님은 도장을 찾은 뒤에도 도장을 계속 사용하실까?' 이 질문의 답변을 하자면 나는 계속 최기봉 선생님이 도장을 사용하실 것 같다. 왜냐하면 도장 잉크도 남아 있고, 내년의 아이들도 좋아할 것 같다.

세 번째 질문은 '유보라 선생님은 최기봉 선생님에게 왜 도장을 보냈을까?' 이다. 나는 책을 읽는 내내 이 질문이 가장 궁금했다. 유보라 선생님은 자신을 기억해 주기를 바라는 마음으로 도장을 보낸 것 같다.

「최기봉을 찾아라!」에서 다양한 인물이 등장하

지만, 나는 최기봉 선생님이 가장 인상 깊었던 인물이다. 15년 전 제자인 유보라 선생님이 보낸 편지를 받고 자기 잘못을 깨우치고 유보라 선생님께 사과하는 모습이 참 좋았다. 「최기봉을 찾아라!」를 읽고 나니 도장을 훔쳐 간 범인을 찾는 과정이 흥미롭다. 모든 등장인물이 서로의 오해를 풀고 화해하는 장면이 감동적이었다.

# 16 지금 나에 대한 만족도는 얼마일까?

6학년 1반 김세훈

'나는 나를 좋아할까?' '친구들은 자기 자신에게 만족할까?' 라는 질문에 대해 생각을 해봤다. 나는 자신에 대한 만족도가 아주 중요하다고 생각한다. 자신에 대한 높은 만족도는 자신감과 용기를 불어넣어 주며, 더 나아가 목표를 향한 나의 의지를 토닥여 준다.

그럼, '다른 친구들은 현재의 자신에게 만족도가 높을까?' 나는 이 궁금증을 해결하기 위해 조사를 해보았다. 최근에 조사한 결과에 따르면, 2014년에는 학생들의 56%가 자신에게 만족한다고 했지만, 2022년에는 70% 이상이 만족, 매우 만족한다고 대답했다고 한다. 이는 많은 친구들이 자신의 삶을 긍정적으로 보고 있다는 뜻이다. 나도 우리 학교생활이 재미있고 만족한다. 그리고, 요즘은 많은 학생들이 다양한 취미생활을 하고, 그 취미생활로 스스로에 대한 자신감이 높아졌다는 결과를 찾아볼 수 있었다. 그렇다면 친구들은 어떤 취미생활을 많이 할까? 스포츠 및 야외 활동, 댄스, 미술, 게임, SNS 및 미디어 활동 등을 즐겨 한다고 한다. 나의 취미는 운동이다. 운동을 좋아하고 또 잘하려고 노력하다 보니 어느새 취미생활이 되었고, 나의 취미생활에 만족도가 높다. 이렇게 스스로 좋아하고 잘하는 취미 활동을 하면 스스로 부족한 점을 찾고 더욱더 잘하고자 노력한다.

 나를 사랑하고 스스로에 대한 만족하는 것은 행복으로 연결되는 거 같다. 나는 노력하는 나의 모습이 좋고 만족스럽다. 앞으로도 내가 좋아하는 것을 찾고, 부족한 것은 노력하며 계속 성장하고 발전해 나가고 싶다.

여러분도 나 자신을 사랑하는 것이 얼마나 소중한 일인지 잊지 않았으면 한다.

# 17 감정이란 무엇일까?

「인사이드 아웃」이라는 영화를 본적이 있다. 「인사이드 아웃」의 주인공 11살 라일리 마음 속에서는 다섯가지의 감정이 있다. 행복, 슬픔, 분노, 혐오, 그리고 두려움이다. 이 감정들은 라일리의 기억과 경험을 관리하며 라일 리가 일상을 보낼 수 있도록 돕는다.

사람들은 모두 감정을 느끼며 살아간다. 그럼, '감정이란 무엇일까?' 나는 감정이라는 것이 도대체 무엇이길래 우리가 살아가는데 많은 영향을 주는지 궁금했다. 감정이란 '어떤 현상이나 일에 대하여 일어나는 마음이나 느끼는 기분' 이라고 한다. 기쁨, 슬픔, 놀라움, 공포, 걱정 등 다양한 상황과 자극에 심리적으로 느끼는 반응이라고 한다.

나 역시 매일 감정을 느끼며 살아간다. 학교에서 친구들과 놀 때 행복하고, 또 체험 학습을 가는 날 놀이공원에서 설렘이라는 감정을 느꼈다. 합창 무대에 오르기 전에는 긴장이 되지만, 무대를 내려 오면 스스로 뿌듯한 감정이 생긴다. 물론, 부모님께 혼이 났을 때니 친구와 다툴 내는 슬픔 감정도 느낀다.

나는 이런 감정들이 무엇인지 알아가면서 나의 감정을 잘 이해하고 소중하게 여기게 되었다. 하지만, 내 감정이 소중한 만큼 다른 사람의 감정도 소중하다는 걸 잊으면 안된다.

감정은 순간순간 변한다. 하지만, 순간의 감정
으로 다른 사람에게 상처를 줄 수 있다. 내가 화
가 나서 친구에게 화를 내고 나면 화가 니는 감
정은 이내 사라지지만, 친구에게 주는 상처는
여전히 있다. 그래서 내 감정을 잘 다스리고, 다
른 사람의 감정도 존중해야한다.

  나는 '오늘 내 기분은 어때?' 라고 스스로에게
묻는다. 그 기분이 매일이 좋을 수는 없겠지만,
내 기분에 따라 친구를 대하지 않도록 내 감정
을 잘 다스려보고자 노력한다.

# 18 AI는 정말 똑똑할까?

5학년 1반 박수영

나는 올해 학교 수업 시간에 많은 질문을 만들어 보고, AI에게 내가 만든 질문을 해 보고 있다. 그러면서 이런 궁금증이 생겼다. 'AI는 척척박사처럼 정말 똑똑할까?' AI는 인공지능의 줄임말로, 사람처럼 생각하고 배우는 능력을 지진 것을 말한다. 요즘은 AI가 우리 생활 곳곳에 사용되고 있어서, AI가 정말 똑똑한지 궁금증이 많아졌다. 그래서 AI가 왜 똑똑한지에 대해 알고 싶어졌다.

첫째, AI는 많은 정보를 빠르게 처리할 수 있다고 한다. 우리는 공부를 하거나 정보를 기억하는 데 시간이 걸리지만, AI는 많은 양의 데이터를 한 번에 분석할 수 있다. 예를 들어, AI는 인터넷에 있는 수많은 글과 사신을 읽고 이해할 수 있다고 한다. 그래서 AI는 우리가 질문을 하면 그에 대한 답을 빠르게 찾아줄 수 있다. 이런 점에서 AI는 정말 똑똑하다고 생각한다.

둘째, AI도 우리와 마찬가지로 학습을 통해 발전한다고 한다. 예를 들어, AI가 고양이와 개의 사진을 많이 보면, 고양이와 개를 구별하는 방법을 스스로 배울 수 있다. 이렇게 AI는 계속해서 학습하고 발전하기 때문에 점점 더 똑똑해지는 것이다.

셋째, AI는 실수가 거의 없다. AI는 사람에게 있는 그런 감정이 없다. 그래서 AI는 주어진 작업을 정확하게 수행할 수 있다고 한다. 하지만,

나는 AI보다 실수를 많이 할지라도 다양한 감정을 느낄 수 있는 사람이 더 좋다고 생각한다.

AI는 앞으로 더욱더 우리의 삶을 더 편리하고 안전하게 해 준다고 한다. 하지만, AI가 무조건 똑똑하다고 해도 사람이 가지고 있는 감정과 창의성을 따라 올 수 없으므로 우리는 AI와 함께 더 나은 미래를 만들어야 한다고 생각한다. 나는 앞으로 AI가 어떻게 발전하고 변할지 궁금하다.

# 19 내가 원하는 장소로 빠르게 갈 수 있는 이동 수단이 있다면?

4학년 2반 김진희

나는 차를 타고 멀리 여행을 갈 때, 차가 밀리거나 멀미로 인해 힘든 경험이 많다. 그래서 '내가 원하는 장소로 빠르게 갈 수 있는 이동 수단이 없을까?'라는 생각을 해보았다. 얼마 전에도 멀미가 너무 심하게 나서 정말 힘이 많이 들었기 때문이다. 내가 생각한 몇 가지 아이디어를 제시해 보겠다. 물론 이 아이디어는 어디까지나 나 혼자만의 공상이라 실현이 될지 안 될지는 모르겠지만, 언젠가 훌륭한 과학자가 내 아이디어를 실현해 주었으면 한다. 그럼, 나의 몇 가지 아이디어를 이야기해 보겠다.

첫째, 대포와 비슷한 방식으로 작동하는 방법이 있다. 사람이 보호복을 입고 목적지로 쏘아 보내는 것이다. 쏘아 보내는 곳에는 방방이나 스펀지 같은 것이 있어서 떨어질 때 안전하게 받아준다. 이 방법은 재미있을 뿐만 아니라 빠른 속도로 먼 거리를 이동할 수 있게 해준다.

둘째, 드론으로 하늘을 날아서 이동하는 방법도 있다. 드론 비행선은 교통 체증 없이 빠르게 목적지에 도달할 수 있게 해준다. 하늘을 나는 상상만으로도 재미있을 것 같다.

셋째, 가로 170cm, 세로 150cm 크기의 관(통로)을 만들어서 그 관을 통해 이동하는 방법도 생각해 볼 수 있다. 이건 내가 작년에 워터파크에 가서 떠올린 아이디어인데, 워터파크에 있는 기다란 원통 모양의 미끄럼틀을 생각하면 된다.

그걸 길게 만들어서 우리나라 몇 군데에 세우는 것이다. 그럼, 학교 가는 것도 회사 가는 것도 즐거울 것 같다.

 이동 수단이 이렇게 발전한다면, 멀미를 방지하고 빠르고 재미있게 원하는 곳으로 이동할 수 있을 것이다. 이러한 것들이 진짜로 발명된다면, 많은 사람이 편리하게 이동할 수 있을 것이며, 교통 문제와 공기 오염 문제도 많이 줄어들 것이다.

 내가 생각한 이동 수단이 실제로 만들어질 수 있을까? 훌륭한 과학자들이 함께 노력한다면, 나의 아이디어는 언젠가는 이루어질 것 같은 기분이 든다. 꼭 이루어졌으면 좋겠다.

# 20 내가 좋아하는 색은 어떤 의미를 가질까?

6학년 1반 김보람

나는 그림을 그리고 색을 칠하는 것을 좋아한
다. 그림을 그리다 보면 좋아하는 색을 더 자주
사용하는데, 나는 보라색을 좋아한다. 보라색은
무언가 신비로운 느낌을 줘서 좋다.

나는 다양한 색깔이 우리에게 주는 의미에 대
해 궁금했다. 내가 좋아하는 보라색은 어떤 의
미를 지닐까? 보라색은 신비롭다. 그리고, 보라
색은 창의성과 상상력을 자극하는 색깔이므로
예술적인 분야에서도 많이 사용된다고 한다. 또
한, 평화와 안정을 뜻하기도 한다. 그래서 보라
색을 보면 마음이 편안해지고, 기분이 좋아지는

것 같다. 나는 연보라색을 특히 더 좋아하는데, 연보라색은 더 부드럽고 따뜻한 느낌을 줘서 더욱 좋다.

또 빨강은 열정과 에너지를 상징하고, 파랑은 차분함과 안정감을 제공한다. 노랑은 밝고 긍정적인 에너지를 준다. 그래서 나도 노란색을 보면 기분이 좋아지고, 즐거워지는 것 같다. 초록은 푸른 숲과 자연이 떠올라서 나도 모르게 치유가 되는 기분이 든다.

이처럼, 색깔은 우리의 감정과 기분에 큰 영향을 미치며 나를 표현하고 친구들과 소통할 수 있도록 도와준다. 색깔에 대한 의미를 알고 나니 내가 좋아하는 보라색이 더욱 더 특별하게 느껴진다. 여러분도 좋아하는 색깔을 찾고, 색깔에 대한 멋진 이야기를 펼쳐 보았으면 한다.

# 21 왜 노래를 부르면 기분이 좋아질까?

5학년 1반 김주원

친구들과 축구를 하다가 실수로 공을 막지 못해 마음이 무거운 적이 있었다. 그때 에스파의 노래 '프롤로그'를 흥얼거리다 보니 기분이 조금씩 나아졌다. '왜 그럴까? 왜 사람들이 노래를 부르거나 들으면 기분이 좋아질까?' 이러한 궁금증이 생겼다. 음악이 우리의 감정을 어떻게 바꾸는지를 알아보고 싶었다.

첫 번째 이유는 음악을 부르거나 들으면 우리 뇌에서 도파민이라는 호르몬이 나온다. 특히 좋아하는 노래를 들을 때 도파민이 더 많이 나와 기분이 밝아진다고 한다.

두 번째 이유는 행복 호르몬 때문이다. 음악을 들으면 몸에서 세로토닌이라는 행복 호르몬이 나오는데, 이 호르몬은 불안한 마음을 차분하게 하고 편안하게 해준다고 한다.

세 번째 이유는 심장박동과 호흡을 조절하기 때문이다. 음악의 리듬에 따라 심장박동과 호흡이 조절되면서 몸이 편안해지고 긴장이 풀리게 되어 기분도 자연스럽게 좋아진다고 한다.

나는 기분이 좋지 않을 때마다 음악으로 위로를 받았던 경험이 많다. 한 번은 엄마에게 혼나서 속상할 때 '해피'라는 노래를 틀었는데, 처음엔 눈물이 났지만, 음악에 집중하다 보니 기분이 조금씩 나아졌다. 또 다른 날에는 동생과 크게 다투고 마음이 불편할 때 '프롤로그'를 들으며 차분해지고 안정되는 느낌을 받았다.

또, 우울할 때마다 '기분이 안 좋아지는 페이지' 같은 노래를 들으며 마음을 풀곤 했다. 음악은 기쁠 때나 슬플 때나 감정을 다독여 주는 고마운 존재인 것 같다. 나는 그런 음악이 언제나 내 곁에 있어서 좋다.

## 22 나무는 우리에게 어떤 도움을 줄까?

5학년 1반 이서연

　나는 소나무를 정말 좋아한다. 우리 학교에는 크고 멋진 소나무가 있다. 나는 소나무를 보면 우리를 든든하게 지켜주는 느낌이 들어 우리 학교의 소나무가 참 좋다. 소나무를 보면서 나무는 우리에게 어떤 도움을 줄까? 궁금하였다.

　첫째, 나무는 이산화탄소를 흡수하고 산소를 만들어내서 공기를 깨끗하게 해준다. 나무가 없으면 우리가 숨 쉬는 공기는 나빠져서 우리가 제대로 숨을 쉴 수가 없다. 또, 나무는 우리의 스트레스를 줄여준다고 한다. 나무가 있는 곳에 가면 마음이 편안해지고 기분이 좋아진다. 그래

서 나무는 우리에게 행복을 주는 소중한 존재라
고 생각한다.

  둘째, 나무는 우리에게 목재, 종이, 과일 먹거
리 등 다양한 자원을 준다. 이렇게 나무는 우리
생활에 꼭 필요한 것들을 많이 주기 때문에 경
제적으로도 큰 가치가 있다.

  셋째, 나무는 생태계를 구성하는 중요한 요소
이다. 과학 시간에 생태계를 이루는 요소에 내
해 배웠는데, 나무는 많은 동물들의 서식지가
되어주고, 다양한 식물들이 자랄 수 있는 환경
을 제공한다.

  나는 나무가 우리에게 많은 도움 주는 걸 보며
아낌없이 주는 나무 이야기가 떠올랐다.
그래서 우리도 나무에게 감사한 마음을 표현하

는 것도 좋을 것 같다. 나무에게 편지를 쓰거나,
나무를 사랑하는 마음을 그림에게 표현해 봐도
좋겠다.

앞으로도 나는 나무와 함께 살아가고 싶다.

# 23 내가 만약 선우라면 원지가 사라지고 난 후 어떤 느낌이 들까? –「마지막 레벨업」을 읽고

4학년 박헌진

선우는 판타지아에서 원지를 만났다. 원지는 판타지아에서 살고 원지는 선우와 친구가 된다. 원지와 하상민 대표는 엄마와 아내를 교통사고로 세상을 먼저 떠나보낸 아픈 트라우마가 있었고, 원지는 하상민 대표의 딸이다. 판타지아에서 원지와 선우는 모험을 떠나고 있다가 원지가 갑자기 사라졌다. 선우는 원지 없이 지내다가 원지가 돌아와서 가상세계에서 함께 모험을 떠난다. 선우와 원지는 판타지아 공간이 불법적이고 사람들에게 해를 끼칠 수 있다고 생각하여 판타지아를 폭발시킬 작전을 짜고 운명의 날을 정하여 실행에 옮겼다. 운명의 날, 접속이 불안정하여 플레이어들이 튕겼고 원지는 사라지게 되었지만, 선우의 마음속에 원지가 여전히 존재하고 있다.

이 책을 읽고 3가지 질문이 떠올랐다. '내가 만약 선우라면 원지가 사라지고 난 후 어떤 느낌이 들었을까?' 내 생각에는 울 것 같다, 왜냐하면 우정과 추억을 많이 쌓았는데 사라지니 눈물이 날 것 같았다. 그리고 다시 볼 수 없다고 생각하니 마음이 슬플 것 같다. 그리고 '내가 만약 원지라면 판타지아 공간에서 즐거웠을까?' 내 생각에는 나도 원지처럼 아무것도 변하지 않고 항상 그대로인 판타지아에서 행복하지 않았을 것 같다. 그래도 나는 원지처럼 용감하게 가상공간인 판타지아를 폭발시킬 용기는 없지만 그곳을 탈출하고 싶었을 것 같다.

마지막으로 '내가 만약 원지라면 선우가 몬스터를 잡는 것을 도와주었을까?' 내 생각에는 그럴 것 같다. 왜냐하면 플레이어가 몬스터에게 위험에 처해있으니 도와주는 것이 맞다고 생각한다. 그래서 둘은 더욱 친해지는 계기가 되기도 하기 때문이다.

　　이 책을 읽고 가장 감동적인 장면은 원지가 사라지는 장면에서 선우가 원지의 손을 잡는 부분이었다. 둘은 판타지이에서 민났지만, 진정한 우정을 나누고 서로를 아끼는 모습이 마음에 와 닿았다. 친구들과 소리 내어 「마지막 레벨 업」을 모두 읽으니 마음이 뿌듯하고 책 읽는 것이 즐겁다.

# 24 식물은 우정과 무엇이 닮았을까?

6학년 2반 김 민

안녕 골드키위! 나는 김민이야. 잘 지내고 있
지? 우리는 온라인 수업에서 몇 번 봤지만, 이
렇게 너에게 편지를 쓰게 되어 기뻐. 얼마 전 과
학 시간에 꽃의 생김새에 대해 배웠어. 그때,
'꽃은 친구의 우정과 닮았다'라는 생각을 해봤
어. 그걸 너에게도 전해주고 싶어.

우리 선생님은 과학을 잘 가르쳐 주시거든. 과
학 시간에 꽃의 생김새를 관찰하는 것이 정말
재미있었어. 너는 무슨 꽃을 좋아하니? 그것도
궁금하네. 꽃은 암술, 수술, 꽃받침, 꽃잎 등으
로 구성되어 있어. 암술이 꽃가루를 받고 좋은

향기로 벌이나 나비를 유인해서 꽃가루를 전달하지. 수술은 꽃가루를 만들어내고, 꽃가루가 암술과 만나서 씨앗을 만들어. 꽃은 예쁘게 피어서 많은 곤충들을 끌어들인다고 해. 나는 '우리도 친구들에게 좋은 향기를 주는 꽃처럼 지내면 좋지 않을까?' 라는 질문을 해 봤어.

그리고 식물의 뿌리에 대해서도 배웠어. 뿌리는 식물을 땅에 단단히 고정하고, 물과 영양분을 흡수하는 중요한 역할을 해. 뿌리가 없으면 식물은 자랄 수 없어. 나는 친구가 서로를 지지해 주고 도와주는 뿌리 같은 역할을 한다고 생각해. 뿌리처럼 서로에게 힘이 되어주는 친구가 되는 것이 중요하겠지?

우리는 온라인에서 만났지만 나는 네가 정말 소중한 인연이라고 생각해. 너와 나의 우정도

꽃과 뿌리처럼 서로 도와주고 지지해 주는 관계라고 생각해. 함께 배우고, 서로에게 좋은 영향을 주는 친구가 되자. 너는 최근에 어떤 흥미로운 것을 배웠니? 너의 이야기도 듣고 싶어. 다음에 또 이야기 나누자! 답장 기다릴게!

## 25 내가 가고 싶은 나라는?

5학년 1반 이동휘

나는 어릴 때 베트남에 간 적이 있다. 베트남은 나의 엄마가 나고 자란 나라여서 베트남은 어떤 나라인지 늘 궁금했다. 하지만 어릴 적 베트남에 다녀온 후 기억이 잘 나지 않았다. 그래서 다시 한번 더 베트남에 가고 싶나는 생각이 들었다. 내가 베트남에 가고 싶은 가장 큰 이유는 어머니의 고향이 있기도 하지만, 다른 이유들도 있다.

첫 번째 이유는 맛있는 음식 때문이다. 베트남은 쌀국수와 반쎄오가 유명하다. 그 중 쌀국수는 쌀로 된 면에 국을 넣어서 먹는데 이건 고수와 같이 먹어야 맛있다. 반쎄오는 노란 반죽에 야채와 고기를 감싸서 먹는 음식이다.

 두 번째 이유는 베트남은 물가가 저렴하다고 한다. 한국 관광객들이 베트남을 많이 찾는 이유 중의 하나가 바로 저렴한 물가다. 과일도 저렴하고, 다양한 물건도 저렴해서 여행가기가 좋은 거 같다.

 세 번째 이유는 베트남에 있는 관광지 때문이다. 하롱베이는 아름다운 석회암 카르스트 지형으로 유명한 곳이라고 한다. 수많은 섬과 석회암 바위들이 바다에 떠 있는 모습이 정말 멋진다고 하니, 꼭 한번 가고 싶다. 그리고, 푸꾸옥이라는 곳은 해변과 맑은 바다가 펼쳐져 있는 곳이라고 한다. 여기 바닷가에서 가족들과 행복한 추억을 쌓고 싶다.

이처럼 베트남은 나에게 어머니의 고향이라는 이유 외에도, 맛있는 음식, 저렴한 물가, 아름다운 관광지 등 다양한 매력으로 가득한 나라이다. 가족들과 함께 베트남을 여행하는 내 모습이 기대가 된다.

# 26 웰시코기는 왜 다리가 짧을까?

4학년 2반 장준영

오늘 길을 가다가 웰시코기를 봤다. 웰시코기는 다리가 짧아서 정말 귀여웠다. 그래서 '왜 웰시코기는 다리가 짧을까?'라는 궁금증이 생겼다. 집에 와서 인터넷으로 검색해봤다. 그랬더니 두 가지 이유가 있다는 것을 알게 되었다.

첫 번째 이유는, 웰시코기가 원래 농장에서 일을 돕던 강아지였기 때문이다. 이 강아지들은 양을 돌보는 일을 했는데, 풀밭에서 잘 숨을 수 있도록 다리가 짧아졌다고 한다. 짧은 다리 덕분에 풀숲에서도 잘 보이지 않고, 쉽게 움직일 수 있었다고 한다. 이 점이 정말 흥미로웠다.

두 번째 이유는, 웰시코기가 유전적으로 다리가 짧게 태어나는 특징을 가지고 있기 때문이다. 이렇게 태어나는 것을 '유전적 변이'라고 부른다고 한다. 이 사실을 알게 되니, 웰시코기가 더욱 특별하게 느껴졌다.

나는 이렇게 두 가지 이유로 웰시코기의 다리가 짧다는 것을 알게 되었다. 웰시코기의 다리가 짧은 이유를 알게 되니 더 귀엽게 보였고, 정말 신기하고 재미있었디. 앞으로 웰시코기를 볼 때마다 이 이야기를 떠올릴 것 같다. 친구들에게도 이 재미있는 사실을 꼭 알려줘야겠다.

# 27 내가 만약 우주여행을 간다면?

6학년 1반 이유성

내가 우주에 있는 상상을 해봤어. 내가 만약 우주를 간다면 아주 멋진 일이 되겠지만, 이 거대한 우주 공간을 떠돌다가 소행성을 만난다면 우주선이 망가져 고립되는 위험한 일도 생기지 않을까?

우주는 우리 인간이 여행 하기에는 너무나도 넓은 공간이다. 다른 행성으로 가고 싶어도 몇 년이 걸릴지 모른다. 우리에게 가까운 편인 달 도가는 데만 며칠이 걸린다고 하니깐. 만약 빛의속도로 간다면 태양계를 여행하기엔 충분한 속도이겠지만 물리적으로 빛의속도를 넘기는커

녕 빛의속도에 도달도 불가능하다. 그러니 다른 항성계들이라도 가다가 우리가 먼저 늙어서 죽을 거로 생각한다.

'만약 웜홀이 있다면?' 이라고 질문할 수도 있다. 웜홀을 이용할 수만 있다면 시간문제는 해결이 된다. 하지만, 웜홀은 불안정하다. 그리고 웜홀 너머에 무엇이 있을지도 모른다. 웜홀을 지나갔다가 웜홀이 닫히기라도 하면 우리는 어디인지 모르는 곳에서 고립될 수 있을 것이나.

하지만 나는 우주가 좋다. 고요한 우주가 좋다. 우주에 대한 나의 무수한 질문들이 어쩌면 나를 우주에 보낼 날도 있지 않을까 생각한다. 오늘도 나는 우주에 대해 생각한다.

# 28 내가 하고 싶은 직업은 무엇일까?

5학년 1반 백승민

국어 시간에 '유행에 따라 희망 직업이 바뀐다면'이라는 제목의 글을 읽었다. 글에서는 예전에 TV에 요리 프로그램이 유행할 때는 많은 초등학생들이 요리사를 꿈꿨다고 한다. 그러나, 지금은 K-pop이 열풍이면서 친구들이 아이돌을 희망한다고 한다. 이 글에서 중요한 점은 유행에 따라 자신이 하고 싶은 직업을 꿈꾸면 안 된다는 거다. 나는 유행보다는 자신의 흥미와 적성, 특기를 잘 알고 그에 맞는 직업을 선택해야 한다고 생각한다.

그럼, 나는 미래에 어떤 직업을 하고 싶은 걸

까? 나의 꿈은 개그맨이다. 사람들에게 꿈과 희망을 주는 개그맨이 되고 싶다. 왜냐하면 나는 친구들을 웃기는 게 정말 재미있다. 나는 내가 제일 좋아하는 개그맨 김성원을 보면서 많은 사람이 그를 보며 웃고 즐거워하는 모습이 멋져 보인다. 친구들에게도 물어보니 내가 개그맨이 된다면 재미있을 것 같다고 한다. 친구들은 내가 슬픈 이야기도 재미있게 바꾸는 재능이 있어서 개그맨이 될 수 있을 거라 응원해 준다.

나는 사람들에게 꿈과 희망을 주는 개그맨이 되고 싶다. 그래서 친구들이 힘들거나 슬플 때도 더 웃겨주고, 학교에서 공부도 열심히 하고 싶다.

미래에 개그맨이라는 직업이 사라질까? 라는 걱정도 된다. 하지만, 나는 개그맨이라는 직업은 미래에도 있을거라 생각한다. 왜냐하면 사람들은 항상 웃고 싶어 하고, 즐거운 시간을 보내고 싶어 하니깐 웃음이 정말 중요하나. 개그맨들은 사람들에게 웃음을 주고, 힘든 하루를 잊게 해주는 역할을 한다. 그래서 미래에도 개그맨은 꼭 필요한 직업이다.

그래서 나는 사람들에게 꿈과 희망을 주는 개그맨이 되고싶다.

# 29 요즘에는 왜 야구가 인기가 많을까?

5학년 1반 이명진

나는 야구를 좋아한다. 올해는 야구를 보러 가는 사람들이 너무 많아서 야구장 표가 매진이 많이 된다고 한다. 나는 '요즘에는 왜 야구가 인기가 많을까?' 라는 궁금한 점이 생겼다. 야구가 인기가 많은 이유를 알아보았다.

첫째, 기존 야구장의 인프라를 확장하고, 또 새로운 구장들이 생겨 많은 사람들이 야구를 즐길 수 있게 되었다. 그래서 야구장에 가족, 친구들과 함께 나들이를 가는 사람들이 많아졌다고 한다.

둘째, 다양한 먹거리와 볼거리가 있다. 어떤 구장에는 삼겹살도 구워 먹을 수 있게 불판도 준비가 되어 있다고 한다.

 셋째, 메이저리그에 뒤지지 않는 중계 기술로 야구 중계가 생생하게 전달된다. 그래서 어디서든 야구 중계를 보며, 야구를 즐길 수 있다.

 넷째, 함께하는 응원 문화다. 선수를 응원하는 노래만 따라해도 야구를 잘 몰라도 야구장에 가서 야구를 쉽게 즐길 수 있다.

 하지만, 야구가 인기가 많을수록 문제점도 생긴다. 예를 들면 야구장에서 쓰레기를 아무 곳에나 버리거나 경기를 지면 화가 나서 욕설 등을 하여 싸움으로 번지는 경우도 있다고 한다.

이처럼, 다양한 노력으로 야구는 점점 인기가 많아져 지금도 우리 나라 프로 야구가 발전하고 있다. 앞으로도 야구장이 복합적인 문화공간으로 발전하여 많은 사람들이 야구장을 찾았으면 한다.

# 30 2.28 민주화 운동에 참여한 학생은 모두 몇 명일까?

6학년 2반 김덕중

안녕? 준우야! 나는 덕중이야. 잘 지내고 있어? 온라인 수업에서 몇 번 봤지만, 이렇게 편지를 쓰게 되어 정말 반가워.

나는 2.28 민주운동 기념관에 갔다왔어. 그 곳을 다녀 온 이야기를 들려줄게. 그 곳에서 가장 먼저 본 것은 2.28 민주운동에 참여한 학생들이 모두 교복을 입고 있는 사진을 보았어. 교복을 입고 민주운동에 참여한 학생들이 멋지더라.

그런데, '2.28 민주화 운동에 참여한 학생은 모두 몇 명일까?' 라는 궁금증이 생겼어. 너는 혹시 알고 있니? 모르지? 내가 지금부터 알려줄

게. 나는 대충 500명 정도 어림했는데, 너는 몇
명쯤 일거 같아? 아무튼 궁금해서 나는 바로 조
사를 해봤어. 조사를 해보았더니, 약 800명 정
도라고 하는 곳도 있고 약 2,000명 정도 라고
하는 곳도 있었어. 2.28 민주운동 기념관에 계
시는 해설사분께서는 약 2,000명 정도 된다고
하셨어. 여러 자료를 종합해 볼 때 나도 2,000
명 정도라고 생각해. 사실 참여한 인원 수도 중
요하지만 결국 중요한 건 그날 참여했던 학생들
의 용기라고 생각해.

 2.28 민주화운동에 참여한 학생들은 모두 용감
하게 싸웠어. 그들은 부정선거에 반대하여 거리
로 나섰지. 2,000여명의 학생들이 학교를 나와
서 대구 시내에서 시위했어. 그중 400명이 경찰
에 잡혀갔고, 많은 학생이 다쳤어. 그런데도 그
들은 포기하지 않았어. 끝까지 싸웠어. 나라면

그렇게 못할 것 같은데 말이야.

 이 이야기를 듣고 너노 놀랄 것 같아. 우리 학교에서도 그런 일이 생기면 정말 힘들겠지. 하지만 그 학생들은 용감하게 싸웠어. 나는 이 이야기를 들으면서 정말 감동받았어. 나도 그들처럼 용감하고 정의로운 사람이 되고 싶다고 생각했어. 물론, 그런 일이 안 일어나길 솔직히 더 바라지만.

 요즘 너는 어떻게 지내고 있어? 무슨 흥미로운 일이 있었니? 그리고 나도 궁금한 게 있어. 혹시 광주 5.18 민주화 운동에 대해서 알고 있니? 다음에는 그것을 조사해 보고 이야기해 줘. 정말 궁금해. 우리 자주 소식 주고받자. 잘 지내고, 답장 기다릴게! 안녕!

# 31 슬픔이란 뭘까?

5학년 1반 원규동

슬픔이란 무엇일까? 슬픔은 우리가 느낄 수 있는 아주 깊고 복잡한 감정이라고 생각한다. 우리 모두는 일상에서 작은 실망을 느끼고, 가끔은 사랑하는 사람을 잃는 큰 슬픔도 경험한다. 이렇게 슬픔은 여러 가지 모습으로 우리를 찾아오는 것 같다.

예를 들어, 친구들과의 이별이나 가족을 잃는 큰 사건에서 슬픔을 느끼기도 하고, 시험을 망쳤을 때 같은 사소한 일에서도 슬픔이 생길 수 있다. 슬픔은 때로는 우리를 힘들게 하지만, 그 속에서 우리는 중요한 교훈을 배우기도 한다.

슬픔을 느낄 때, 우리는 보통 소중한 감정을 왜 지키지 못했는지를 생각하게 된다. 예를 들어, 친구와의 관계가 소중했는데 그 친구와 멀어지게 되면, 그 관계를 더 잘 지키지 못한 것에 대한 아쉬움이 생긴다. 나 또한 방학이 되면 신나기도 하지만, 한편으로는 학교에서 친구들을 만나지 못하는 아쉬움에 슬픈 감정을 느낀다. 이런 감정은 우리에게 소중한 것들이 무엇인지 다시 한번 생각하게 만든다.

슬픔은 또한 우리에게 성장의 기회를 주기도 한다. 슬픔을 겪고 나면, 우리는 자신이 어떤 사람인지, 무엇을 원하는지를 더 잘 알게 된다. 슬픔을 극복한 후에는 새롭게 도전할 수 있는 용기가 생기기도 한다.

결국, 슬픔은 우리 삶의 한 부분이며, 이를 통

해 우리는 더 강해질 수도 있다. 슬픔을 느끼는
것은 자연스러운 일이지만, 그 감정을 잘 이해
하고 받아들이는 것이 중요하다. 슬픔을 통해
우리는 더 깊은 감정을 느끼고, 더 나은 사람으
로 성장할 수 있다.

# 32 누구나 다 재능이 있을까?

5학년 1반 김단희

재능이란, 특정한 활동에서 특별한 소질, 즉 타고난 것을 말한다. 나는 아빠와 함께 운동을 자주 했었는데 아빠가 "우리 단희는 운동에 재능이 있구나" 라는 소리를 들었을 때 나는 이런 질문이 떠올랐다.

'사람들은 다 재능이 있을까?' 재능이 없는 사람도 있지 않을까? 나는 재능이 태어날 때부터 타고났다는 사실도 맞다고 생각한다. 하지만 재능도 노력이 필요하다고 생각한다. 마음가짐도 필요하고 노력으로 내가 가지고 있는 재능을 더 발전시킬 수도 있다고 생각이 든다.

물론 재능이 없는 사람도 있을 수 있지만, 그건 아직 내 안의 재능을 발견하지 못했을 뿐이다. 재능은 누구나 있다고 생각한다. 나도 나에겐 특별한 재능이 없다고 생각했던 적이 있었다. 하지만, 지금은 다르게 생각한다. 학교에서 다양한 것을 배우고 생각하고 활동하면서 나의 재능과 하고 싶은 일을 찾게 된 것 같다.

 이런 질문을 해볼 수도 있다. '노력은 재능을 이길 수 있을까?' 나는 꾸준한 노력을 하다 보면 노력이 재능을 이길 수 있지 않을까 생각한다. 노력이 재능을 이기는 것은 힘들지만, 포기하지 않고 꾸준하게 노력한다면, 언젠가는 원하는 성과를 이룰 수 있을 것이다.
 모두들 내 안의 반짝이는 재능이 빛나기를 바란다!

## 33 내가 만일 원지라면 판타지아를 폭파할 수 있을까? –「마지막 레벨업」을 읽고

4학년 1반 김성원

「마지막 레벨 업」이라는 책을 읽었다. 이 책의 등장인물인 선우는 혼자 게임을 하다가 원지라는 친구를 알게 되어 게임을 같이하고 비밀 이야기를 하는 사이가 되었다. 원지는 하상민 대표가 만든 판타지아에서 사는 것이 행복하지 않았고 선우와 판타지아 서버를 부수기로 작정하고 실행하는 이야기이다.

비록 원지는 판타지아라는 공간에서 사라졌지만 선우의 마음속에 친구로 남아 있는 존재가 된다. 「마지막 레벨 업」의 마지막 페이지를 덮는 순간 원지가 마지막에 사라지는 장면에서 마음이 아팠지만 감동을 받았다.

 나는 「마지막 레벨 업」을 읽고 세 가지 질문이 생각났다. '하상민 대표는 원지를 판타지아 안에 왜 넣었을까?' 내 생각에는 원지를 실험하려고 넣은 것 같다. 원지의 뇌와 판타지아 공간을 연결하여 원지가 판타지아 공간에서 영원히 살려고 한 것 같다. 그래서 원지와 같이 현실 세계에서 살아갈 수 없는 사람은 판타지아 공간에서 영원히 살기를 바랐던 것 같다. 나는 하상민 대표의 판타지아 공간에 반대한다. 왜냐하면 법을 어기고 자신이 만든 판타지아 공간을 만들었기 때문이다.

 그리고 '내가 만약 원지라면 판타지아를 폭파하게 시킬 수 있을까?' 라는 의문이 들었다. 나는 원지처럼 판타지아 공간을 폭파하게 시키지 못하였을 것 같다. 판타지아 공간이 없어지면 원지도 사라지기 때문에 나는 무서워서 그렇게 하지 못하였을 것 같다. 그런 면에서 원지는 굉장히 용감하다는 생각이 들었다.

　마지막으로 '내가 만약 하상민 대표라면 원지가 사라져서 어떤 반응을 보일까?' 내가 하상민 대표라면 책에 나오는 하상민 대표처럼 나도 대성통곡을 했을 것이다. 왜냐하면 판타지아 공간에서라도 영원히 살게 해서 보고 싶은 딸이기 때문이다. 그래서 하상민 대표의 마음은 공감이 가지만 나는 판타지아 공간에서 내 딸을 살게 하진 않을 것이다. 판타지아의 가상 세계는 현실 세계를 대신할 수 없기 때문이다.

행복 물음표 둘,
# 질문탐구축제 발표문

# 1 사람들의 다양한 노력에도 왜 멸종 위기 동물이 증가할까?

멸종위기 동물 구조대(이명진, 원규동, 김동오, 이등휘)

여러분은 멸종위기 동물에 대해 알고 있나요? 우리 팀은 신문 기사를 찾다가 "50년 사이 전 세계 동물의 68%가 사라졌다"라는 기사를 읽었습니다. 우리 팀은 '사람들의 다양한 노력에도 불구하고 왜 멸종위기 동물이 증가할까?' 라는 궁금증이 생겼습니다. 그래서 우리 팀은 '왜 멸종위기 동물이 증가할까?' 라는 핵심 탐구 질문을 세웠습니다. 그리고 다음과 같은 질문을 만들었습니다.

첫째, 멸종위기 동물이란 무엇일까?
둘째, 왜 멸종위기 동물이 증가할까?

셋째, 멸종위기 동물을 어떻게 구조할까?

넷째, 멸종위기 동물을 구하기 위해 우리가 할 수 있는 일은 무엇일까?

우리 팀은 네 가지 질문을 조사하고 탐구해 보았습니다.

첫째, 멸종위기 동물이란 무엇일까요? 멸종위기 동물이란 법률에 따라 야생생물 보호 및 관리를 위해 환경부가 지정하여 보호하는 생물을 말합니다. 늑대, 수달, 표범, 반달가슴곰, 물범, 두루미, 산양, 황새 등이 있습니다.

둘째, 왜 멸종위기 동물이 증가할까요? 우리 팀은 다음과 같이 네가지 원인을 탐구하였습니다. 첫째는 지구온난화에 따른 기후변화입니다. 폭염, 홍수, 가뭄 등 극단적인 기후변화와 지구온난화로 많은 동물들의 서식 환경이 파괴되고 있습니다. 둘째는 서식지 파괴입니다. 인간 활동으로 인해 숲을 벌목하거나 도시를 확장하면서 동물들이 살 수 있는 자연 서식지가 줄어들었습니다. 이에 따라 많은 동물이 적절한 서식 환경을 잃게 되었습니다. 셋째는 외래종의 침입입니다. 인간이 새로운 지역으로 외래종을 가져오면, 이들 외래종이 현지 생태계에 침입하여 원래 살고 있던 동물들에게 직접적인 경쟁과 위협을 줄 수 있습니다. 넷째는 사냥과 불법 거래입니다. 동물 종의 보호로 사냥과 거래를 금지하고 있으나, 사람들의 욕심으로 인해 불법적인 포획과 거래로 멸종위기 동물들이 위험에 처하게 됩니다.

셋째, 멸종위기 동물을 어떻게 구조할까요?
"사라졌던 토종 여우, 영주에 돌아오다!"라는 뉴스를 보았습니다. 사라졌던 토종여우를 국립공

원연구원에서 복원하여 4마리를 번식하는 데 성공했다고 합니다. 영주 여우 복원 사건처럼 사라졌던 동물을 복원하고, 혹등고래도 멸종위기종에서 해제되었던 것처럼 지금 여러 곳에서 멸종위기 동물들을 복원하려고 전 세계에서 노력하고 있습니다.

 마지막으로 멸종위기 동물을 구하기 위해 우리가 할 수 있는 일은 무엇일까요?
 멸종위기 동물을 보호하기 위해 우리는 다양한 방법으로 실천할 수 있습니다. 먼저, 주변 사람들과 멸종위기 동물에 대한 정보를 공유하여 인식을 높이는 것이 중요합니다. 또한, 지역의 보호 단체 자원봉사 활동에 참여하거나, 지속 가능한 소비를 통해 환경을 지키는 노력을 할 수 있습니다. 정부의 환경 보호 정책에 관심을 가지고 의견을 제시하는 것도 큰 도움이 됩니다.

마지막으로, 멸종위기 동물 보호를 위한 기부나 후원도 중요한 실천입니다.

 우리가 함께 노력한다면, 멸종위기 동물들이 안전하게 살아갈 수 있는 환경을 조성할 수 있을 것입니다. 자연과 생태계를 지키는 일은 우리 모두의 책임이며, 미래 세대를 위해 꼭 필요한 일입니다. 이상으로 '멸종위기 동물 구조대' 팀의 발표를 마치겠습니다. 감사합니다.

## 2 별자리는 언제부터 생겼을가?

별리(김단희, 신해주, 백승민, 박수영)

여러분은 밤하늘을 얼마나 자주 보시나요? 혹시, 밤하늘에 반짝이는 별자리를 찾아보신 적이 있으신가요? 우리 팀은 과학 수업 시간에 태양계와 별을 공부하였는데, 별자리가 언제부터 생겼는지 더 알고 싶어졌습니다. 그래서 핵심 질문을 '별자리는 언제부터 생겼을까?' 로 정하고, 이 질문에 관해 탐구해 보기로 하였습니다.

우리 팀은 탐구를 시작하기 위해 다음과 같은 네 가지의 질문을 만들었습니다.
첫째, 별자리는 누가 만들었을까?
둘째, 별자리는 언제부터 생겼을까?

셋째, 별자리는 왜 물건이나 동물로 이름을 붙였을까?

넷째, 별자리마다 왜 볼 수 있는 계절이 다를끼?

첫째, 별자리는 누가 만들었을까요? 우리팀이 조사한 결과 별자리에 이름을 붙인 건 바빌로니아 지역에 살던 셈족계 유목민인 칼데아인들입니다. 칼데아인은 유목 생활을 하면서 밤하늘을 쳐다볼 일이 많아져 다양한 별들을 이어 별자리를 만들었습니다.

둘째, 별자리는 언제부터 생겼을까요? 아까 말씀드린 것처럼 처음 시작은 유목민들이 만들었고 이후에 그리스 사람들이 별자리에 그리스 신화 속 신과 영웅, 동물의 이름을 추가하면서 더욱 더 별자리가 많아지게 되었습니다.

셋째, 그렇다면 별자리에는 왜 물건이나 동물 이름을 붙였을까요? 그 이유는 고대 그리스 사람들이 별자리의 이름을 쉽게 기억하기 위해 신화 속 동물과 사물의 이름을 붙였기 때문입니다. 고대 그리스 신화는 그들의 문화를 반영하고 있으며, 별자리는 이러한 신화적 요소와 깊은 연관이 있습니다. 예를 들어, 별자리 중 하나인 '사자자리'는 그리스 신화에 등장하는 네메아의 사자를 의미합니다. 이 사자는 헤라클레스의 12가지 과업 중 첫 번째 과업으로 처치해야 했던 괴물로, 그 힘과 용맹함을 상징합니다.

또한, 별자리는 농업과 계절의 변화를 이해하는 데에도 중요한 역할을 했습니다. 고대 그리스인들은 별자리의 위치를 통해 계절의 변화를 예측하고, 농사일을 계획하는 데 도움을 받았습니다. 예를 들어, '처녀자리'는 수확의 시기를 알리는 중요한 별자리로 여겨졌습니다.

그럼, 우리도 별자리 이름을 만들 수 있지 않을까요? 밤하늘의 다양한 별의 모습을 보고 나만의 의미를 담은 멋진 이름을 지어보는 것도 별을 보는 재미라는 생각이 듭니다.

넷째, 별자리마다 왜 볼 수 있는 계절이 다를까요? 우리가 계절마다 볼 수 있는 별자리가 조금씩 바뀌는데요. 그 이유는 지구가 태양을 중심으로 1년에 한바퀴씩 도는 공전을 하기 때문입니다. 그래서 계절마다 볼 수 있는 별자리가 조금씩 다릅니다.

지금까지 우리 팀은 '별자리는 언제부터 생겼을까?' 탐구 질문에 대해 알아보았습니다. 질문으로 밤하늘의 반짝이는 별들에 대해 알아보는 의미있는 시간이었습니다. 이상으로 탐구 발표를 마치겠습니다. 감사합니다!

# 3 색종이를 접어 물 위에 띄웠을 때 어떻게 될까?

종이 궁금(오진우, 이서연, 김주원)

안녕하세요? 여러분은 종이접기를 좋아하나요? 여기 모서리 접은 색종이가 있습니다. 이 색종이를 물 위에 올려두면 어떻게 될까요?

우리 종이 궁금팀은 과학 시간에 "색종이를 접어 물 위에 띄웠을 때 어떻게 될까?"라는 탐구 질문을 만들고 실험을 한 적이 있었습니다. 그 실험 과정이 무척이나 흥미롭고 재미있었습니다. 그래서 탐구 질문으로 "접혀있던 종이는 어떻게 물 위에서 펴질까?"로 정하고, 탐구를 해 보았습니다.

실험 과정을 거치면서 다음과 같은 3가지의 질

문이 생겼습니다.

첫째, 종이마다 펴지는 시간이 어떻게 다를까?

둘째, 물 위에 접혀있는 종이가 펴지는 원리는 무엇일까?

셋째, 종이가 펴지는 원리를 활용하는 방법은 없을까?


첫 번째 질문입니다. 우리 팀은 종이마다 펴지는 시간이 어떻게 다를까? 라는 질문을 해결하기 위해 다음과 같이 실험 설계를 하였습니다. 종이 종류로 도화지, 한지, 색종이, 신문지, 포스트잇 종이를 준비하였습니다. 여러분은 어떤 종이 종류가 가장 빨리 펴질 것 같나요? 두근 두근.. 과연 실험 결과는 어떻게 되었을까요? 한지가 2초로 가장 빨리 펴졌으며, 종이가 접힌 부분부터 물에 젖었습니다. 그리고, 접힌 부분마다 펴지는데 걸리는 시간이 달랐습니다.

두 번째 질문입니다. 그렇다면 어떻게 마술처럼 물 위에 떠있는 종이가 저절로 펴질까요? 그 원리는 바로 모세관 현상 때문입니다. 종이 표면에는 실같이 생긴 많은 섬유가 있습니다. 이 섬유의 틈 사이로 물이 빨려 들어가는 현상을 모세관 현상이라고 합니다. 실제로 한번 실험을 해보도록 하겠습니다. 각 모둠 테이블에 올려진 접힌 종이꽃을 물 위에 띄어 관찰해보세요.

 마지막 질문입니다. 그럼, 이렇게 물 위에 종이가 펴지는 신기한 원리를 활용할 수 있는 방법은 없을까요? 우리팀이 조사한 내용으로는 다양한 미술 작품이나 깜짝 생일 선물 등에 사용할 수 있을거라고 생각하였습니다. 그 외 우리 생활에 어떻게 활용할 수 있을지 다양한 생각을 모둠별로 토의하고, 패들렛에 올려주세요.

이상으로 '종이 궁금' 팀의 발표를 마치겠습니다. 감사합니다.

# 4 독도 강치는 왜 멸종했을까?

강치 탐험대(원규동, 오진우, 김동욱, 박수영, 이서연, 김주원)


안녕하세요? 우리는 강치 탐험대원 원규동, 오진우, 김동욱, 박수영, 이서연, 김주원입니다. 오늘은 10월 25일입니다. 오늘이 어떤 날인지 아시나요? 오늘은 독도의 날입니다. 우리 팀은 올해 독도 동아리 활동을 하면서 독도에 대한 관심이 많아져 독도에 대한 많은 궁금증을 가졌는데요. 독도에 대한 다양한 뉴스 기사문을 살펴보다가 강치가 멸종했다는 이야기가 보였습니다. 여러분들은 강치가 멸종한 이유를 알고 계시는가요?

우리 팀은 '독도 강치는 왜 멸종했을까?' 라는

궁금증이 생겼습니다. 우리 팀은 궁금증을 해결하기 위해 다음과 같은 탐구 질문을 세우고, 조사해 보기로 하였습니다.

첫째, 독도 강치는 어떤 동물일까?
둘째, 독도 강치는 왜 독도에서 살았을까?
셋째, 독도 강치는 왜 멸종했을까?

첫 번째 질문, 강치는 어떤 동물일까요? 강치는 바다시지과이며 주로 농해와 일본 북해도, 독도 등에서 서식하였다고 조선왕조실록에 기록이 되어있습니다. 강치는 해양 생태계에서 중요한 포식자로, 다양한 해양 생물의 개체 수를 조절하는 아주 중요한 역할을 합니다.

두 번째 질문, 독도 강치는 왜 독도에서 살았을까요? 강치는 오징어, 명태, 톳, 미역 등을 주로 먹습니다. 독도에는 이러한 강치의 먹거리가 풍부합니다. 그래서 독도 강치는 독도에서 서식하기에 적합한 조건을 갖추고 있습니다.

세 번째 질문, 그렇다면 독도 강치는 왜 멸종했을까요? 독도 강치가 멸종된 가장 큰 원인은 바로 무분별하게 강치들을 사냥하고 포획했기 때문입니다. 그럼, 누가 강치들을 불법적으로 포획했을까요? 바로 일본의 어부들입니다. 일제강점기 당시 일본은 가죽과 기름을 얻기 위해 일본 어부들이 독도 강치를 불법적으로 포획하였습니다. 독도 가치는 모성애가 아주 강한 동물입니다. 이에, 힘이 없는 새끼 강치들을 잡으면 어미 강치까지 따라 잡혔다고 합니다. 무려 8년간 무분별한 포획으로 우리 땅 독도에서 독도 강치가 사라지게 되었습니다.

지금까지는 우리 팀은 ‘독도 강치는 왜 멸종했을까?’ 라는 탐구 질문에 대한 궁금증을 해결하였는데요. 탐구를 하면서 독도 강치를 지켜주지 못해 미안한 마음이 들었습니다. 하지만, 독도 강치를 복원하기 위한 지금도 많은 노력을 한다는 사실을 알게 되었습니다. 이러한 노력들이 모여 독도 강치가 우리 땅 독도에서 다시 만날 날을 희망합니다.

미안해! 독도 강치야! 그리고 사랑해!
이상으로 ‘강치탐험대’ 팀의 발표를 마치겠습니다. 감사합니다.

# 5 팔만대장경판이 오랫동안 잘 보전된 이유는 무엇일까?

문화재 수비대(이명진, 이동희, 김단희, 백승민, 신해주)

안녕하세요? 소중한 우리 문화재를 지키자! 문화재 수비대 이명진, 이동휘, 김단희, 백승민, 신해주입니다. 여러분 혹시 경남 합천 해인사를 가본 적이 있으신가요? 우리 팀은 사회 수업 시간에 팔만대장경에 대해 배우며 팔만대장경판이 해인사에 잘 보존되어 있음을 알게 되었습니다. 그래서 어떻게 고려시대에 만들어진 팔만대장경이 지금까지 잘 보존 되어있는지 궁금하였습니다.

우리 팀은 이 궁금증을 해결하기 위해 다음과 같은 핵심 질문을 만들었습니다. '팔만대장경판

이 오랫동안 잘 보존된 이유는 무엇일까요?' 이
질문을 해결하기 위해 다음과 같은 탐구 질문을
세웠습니다.

  첫째. 팔만대장경판은 어떻게 만들어졌을까?
  둘째. 팔만대장경판은 어디에 보관되어 있을
까?
  셋째. 팔만대장경판이 지금까지 잘 보존된 이
유는 무엇일까?

  첫째, "팔만대장경판은 어떻게 만들어졌을까?"
팔만대장경은 고려시대 거란군이 침입을 물리치
고자 만든 초조대장경이 그 시작이었습니다. 하
지만 그 후 몽골의 침략으로 초조대장경이 불에
태워져 다시 부처님의 가르침으로 몽골군을 물
리치자는 생각으로 팔만대장경을 강화도에서 제
작했습니다.

둘째, '팔만대장경판은 어디에 보관되어 있을까?' 합천 해인사는 경상남도 합천군 가야면에 있습니다. 해인사 안에 팔만대장경판을 보관하고 있는 장소를 합천 해인사 장경판전이라고 합니다. 이곳에는 8만여 개나 되는 팔만대장경 목판이 마치 도서관의 책처럼 판가에 빽빽이 꽂혀 있습니다. 13세기에 나무로 제작된 8만여 개의 팔만대장경판이 오늘날에도 거의 온전한 상태로 보관되어 있습니다.

셋째, '팔만대장경판이 잘 보존된 이유는 무엇일까?' 팔만대장경판이 잘 보존된 이유는 보관 장소인 장경판전과 관련이 있습니다. 장경판전은 통풍이 잘되도록 앞뒤 벽에 창을 냈는데, 남쪽과 북쪽에 있는 창의 크기를 서로 엇갈리게 해서 건물 안에 들어간 공기가 아래 위로 돌아나오도록 만들었습니다.

그 결과 습기에 약한 목판이 뒤틀리지 않고 통풍과 습도가 잘 유지되어 살아 숨 쉬는 팔만대장경이 우리 곁에 함께 있게 되었습니다. 지금까지 팔만대장경의 천년 장수 비결을 알아보았는데요. 우리의 문화재를 소중하게 아끼고, 잘 보존하기 위해 우리가 할 수 있는 일들은 무엇이 있는지 여러분들도 생각해 보면 좋겠습니다. 이상으로 '문화재 수비대' 팀의 발표를 마치겠습니다. 감사합니다.

우리는 행복 물음표

———

2024년 12월 22일 초판1쇄 발행

**글쓴이** 김성원 김수연 김진희 박헌진 이지호 장준영 황효슬 김단희 김동욱 김주원 김태민 박수영 백승민 신해주
　　　원규동 이동휘 이명진 이서연 오진우 김덕중 김 민 김보람 김예주 김서진 김세훈 이유성 장윤화 지민경
**엮은이** 권아림　**펴낸이** 김성민　**편집디자인** 김경자

**펴낸곳** 도서출판 브로콜리숲　**출판등록** 제2020-000004호
**주소** 41743 대구광역시 서구 북비산로 65길 36, 2층　**전화** 010-2505-6996　**팩스** 053-581-6997
**홈페이지** www.broccoliwood.com　**인스타그램** broccoliwood_　**전자우편** gwangin@hanmail.net